Gemini1
ruft
Gemini2

Juergen von Rehberg

Gemini1
ruft
Gemini2

Zwillinge reisen durch die
Galaxie einer Gebärmutter

*Bibliografische Information der Deutschen National-
bibliothek:*
*Die Deutsche Nationalbibliothek verzeichnet diese
Publikation in der Deutschen Nationalbibliografie;
detaillierte bibliografische Daten sind im Internet
über http://dnb.dnb.de abrufbar.*

*Herstellung und Verlag: BoD – Books on Demand,
Norderstedt*

ISBN: 978-3-7448-3456-8

"Wo gehst du denn hin?", fragte Anna-Maria ihre Freundin, als diese an ihr vorbeiziehen wollte.

"Ich habe kein bestimmtes Ziel", antwortete Helga, *"ich will mir nur ein wenig die Beine vertreten."*

"Dass ich nicht lache", sagte Anna-Maria, *"von wegen <die Beine vertreten>, mir kannst du nichts vormachen. Dazu kennen wir uns schon viel zu lang und zu gut."*

Helga sah ihre Freundin an, und dann lachten sie beide.

"Du kannst dir doch denken, wohin ich gehe", sagte Helga, *"heute findet ja wieder ein Sprintwettbewerb statt."*

"Was?", sagte Anna-Maria, *"sind denn schon wieder vier Wochen vorüber?"*

Das Erstaunen war echt; denn die Freundin hatte ein miserables Zeitgefühl. Gäbe es da nicht Helga, Anna-Maria würde wohl unweigerlich als alte Jungfer enden.

"Da komme ich mit", rief Anna-Maria voller Begeisterung, *"vielleicht ist ja dieses Mal der Richtige dabei."*

Helga musste lächeln. Sie hätte ihre Freundin auch unaufgefordert mitgenommen. Sie mochte das schlichte Gemüt von Anna-Maria ebenso sehr wie ihre Unbeschwertheit.

Wenn es wieder einmal nicht geklappt hatte mit <Mister Right>, dann nahm es Anna-Maria ganz einfach hin. Frei nach dem Motto: "Dann halt beim nächsten Mal."

Helga konnte nicht so leicht damit umgehen. Sie wünschte sich eine feste Beziehung und kein flüchtiges Abenteuer. Aber vielleicht würde es ja heute klappen. Vielleicht war heute der Tag der Tage.

****

"Hallo, Mädels; wieder auf Brautschau?"

Es war Chantal, die sich zu den beiden Freundinnen dazu gesellt hatte.

"Hallo Chantal", sagte Anna-Maria wohlerzogen, wie sie nun einmal war. Helga hätte sie schon manchmal dafür würgen können. Nicht, dass sie etwas gegen feine Manieren hatte; aber bei Chantal wünschte sie sich, Anna-Maria wäre etwas weniger nett.

Sie mochte Chantal nicht. Warum, das wusste sie selber nicht so richtig. Vielleicht weil sie sich gern in den Vordergrund drängte. Aber egal; sie mochte sie einfach nicht und damit basta.

"Helga, meine Liebe, wieder einmal in den Startlöchern?"

Schon allein für diese Frage empfand Helga Mordgelüste wider Chantal.

Sie beherrschte sich und fragte stattdessen:

"Und was willst du hier? Blumenpflücken vielleicht?"

"Ho, ho, ho, sind wir etwa schlecht gelaunt?", konterte Chantal mit einem hämischen Grinsen.

"Hört auf", sagte Anna-Maria, die einmal mehr von ihrer Harmoniesucht heimgesucht wurde, *"konzentriert euch lieber auf das Rennen."*

Helga wollte gerade ihrer Freundin ein paar giftgetränkte Worte zukommen lassen, als diese aufgeregt rief:

"Sie kommen, sie kommen! Ich kann sie schon sehen."

Damit ging das Wortgeplänkel abrupt zu Ende. Die drei Damen versanken in völliger Konzentration, den Blick fest auf die Ankömmlinge gerichtet.

"Oh, der zweite von links, der könnte mir gefallen", sagte Anna-Maria euphorisch zu ihrer Freundin, *"das ist ein wahres Prachtexemplar."*

"Dummerchen", entgegnete Helga, *"es kommt nicht auf das Äußere an; wichtig ist, was innen drinsteckt."*

Die anrückenden Sportler waren jetzt schon ziemlich nahegekommen. Es gab ein regelrechtes Gedränge um die beste Position.

"Aber toll aussehen tut er schon", wagte Anna-Maria leicht schmollend einen weiteren Versuch. *"Das musst du doch zugeben, oder?"*

Helga ließ den Einwand ihrer Freundin unkommentiert, zumal sich das Thema gerade eben von selbst erledigt hatte.

Chantal hatte sich besagtes Prachtexemplar schon unter den Nagel gerissen. Sie hatte sich an Anna-Maria und Helga im letzten Moment vorbei geschoben und sich ihn einverleibt.

"So ein Miststück", schimpfte Anna-Maria, *"so ein elendes Miststück."*

"Lass sie doch", sagte Helga, *"es muss sich erst noch zeigen, ob das ein Glücksgriff war; ich glaube das nämlich nicht wirklich."*

"Woher willst du das denn wissen?" fragte Anna-Maria.

"Das hat etwas mit Erfahrung zu tun, meine Liebe", antwortete Helga und fügte hinzu:

"Und davon habe ich - weiß Gott - mehr als genug."

"Was ist mit euch beiden Hübschen? Wartet ihr auf jemanden Bestimmtes?"

Die Frage stammte von Manfred, der mit seinem Freund Eberhard an Helga und Anna-Maria herangetreten war.

"Was soll denn mit uns sein?", antwortete Helga keck, *"wir haben uns nur das Rennen angeschaut."*

Anna-Maria stand regungslos daneben mit rotem Kopf und trockenem Mund.

"Auf welchem Platz seid ihr denn gelandet?", fragte Helga die Beiden.

"Ich weiß gar nicht", antwortete Manfred, *"weißt du es?"*

Die Frage war an seinen Begleiter gestellt, der jetzt die Initiative übernahm.

"Das ist Manfred und ich heiße Eberhard. Und wir sind irgendwo unter den ersten zehn gelandet. Ist ja auch nicht wirklich wichtig. Es ist schön, dass wir dabei sein konnten."

"Der olympische Gedanke", sagte Helga, welcher die Einstellung von Eberhard imponierte. Der Bursche gefiel ihr auch rein äußerlich.

"Ich bin Helga, und du gehörst mir!" sagte sie mit großer Bestimmtheit, und dann schnappte sie sich den völlig überrumpelten Eberhard.

"Und das ist Anna-Maria, meine beste Freundin. Und sei ja gut zu ihr, sonst rauscht es im Karton", sagte sie zu Manfred, der gar nicht daran dachte zu widersprechen.

Anna-Maria war durchaus eine attraktive Erscheinung und das Rouge, das sich in diesem Augenblick auf ihre Wangen legte, unterstrich das Ganze.

"Dann lasst uns einander vermählen und hoffen, dass etwas Gutes daraus entsteht."

****

Aus Helga und Eberhard waren zwischenzeitlich "Gemini1" geworden und aus Anna-Maria und Manfred "Gemini2".

Die beiden hatten vom Verwalter je eine schicke Wohnung im Mutterhaus zugewiesen bekommen und sich behaglich eingerichtet.

Obwohl sie Tür an Tür wohnten, sahen sie sich nur selten. Die meiste Zeit über schliefen sie in den Tag hinein.

"Wie geht es dir?", fragte Gemini1, als er seinem Nachbarn - 3 Wochen nach der Vermählung von Anna-Maria und Manfred - zufällig auf dem Flur begegnete.

"Ich weiß nicht so recht", antwortete Gemini2, *"ich habe seit ein paar Tagen so Herzklopfen. Das ist eine völlig neue Erfahrung."*

"Das ist in Ordnung so", antwortete Gemini1, *"ich war genauso überrascht wie du."*

"Und du hattest keine Angst, dass das gefährlich sein könnte?" fragte Gemini2.

"Auch nicht eine Sekunde lang", antwortete Gemini1, und das war dann aber doch ein wenig geschwindelt.

"Wieso nicht?", wollte Gemini2 wissen und als Antwort erhielt er:

"Gottvertrauen, mein Freund; einfach nur Gottvertrauen."

****

Als sich die Beiden 4 Wochen später wieder einmal begegneten, hätten sie sich fast nicht wiedererkannt.

"Mein Gott, hast du dich verändert", kam es spontan aus dem Mund von Gemini2.

"Das gleiche könnte ich auch von dir sagen, mein Freund", antwortete Gemini1.

"Es ist über die Maße erstaunlich", sagte Gemini2, *"und das in nur wenigen Wochen. Das ist irgendwie erschreckend; findest du nicht auch?"*

"Nicht wirklich", antwortete Gemini1, *"es liegt wohl in der Natur der Sache, dass sich die Dinge weiterentwickeln, und ich denke, man sollte es einfach nur geschehen lassen."*

In diesem Augenblick empfand Gemini2 zum ersten Mal so etwas wie Eifersucht - oder nennen wir es auch Neid - gegen seinen Freund und Nachbarn.

Egal, was er Gemini1 auch fragte, der Kerl hatte immer eine Antwort oder einen passenden Spruch auf Lager. Manchmal war das schon ein wenig nervend.

"Man sieht sich."

Mit dieser Floskel entzog sich Gemini2 weiteren gescheiten Antworten. Für diesen Tag hatte er einfach genug.

****

Es waren fast zwei Monate vergangen, als sich die beiden Freunde wieder einmal begegneten.

Gemini1 hatte zwar mehrmals versucht an die Tür von Gemini2 zu klopfen; aber die Tür blieb stets verschlossen.

"Geht es dir gut, mein Freund?", fragte Gemini1, *"es ist ja eine halbe Ewigkeit her, seit wir uns das letzte Mal gesehen haben. Ich habe mir schon Sorgen gemacht."*

"Es ging mir in den letzten Tagen nicht so besonders", antwortete Gemini2 und sein Gesichtsausdruck unterstrich die Aussage.

"Wie das denn, mein Lieber?", fragte Gemini1 besorgt.

Gemini2 antwortete nicht gleich. Er druckste eine Weile herum, bevor er Klartext sprach.

"Es ist mir irgendwie unangenehm darüber zu sprechen", begann er; aber nachdem ihm Gemini1 glaubhaft versichert hatte, dass das unter Freunden keine Rolle spielte und dass er schweigen könnte wie ein Grab, schüttete Gemini2 sein Herz aus.

"Mir ist da unten so ein komisches Ding gewachsen, von dem ich nicht weiß, was es ist und was ich damit anfangen soll."

Während er dies sagte, deutete er verschämt auf eine Stelle zwischen den Beinen.

Gemini1 schaute seinem Freund ins Gesicht, und er erkannte darin die ganze Erleichterung darüber, dass die Last dieses Geheimnisses von ihm genommen ward.

Er umarmte den Freund und sagte:

"Da musst du dir keine Gedanken machen, das ist ein ganz normaler Vorgang. Du erklimmst gerade eine weitere Stufe deiner Entwicklung."

Gemini2 fiel bei der Ausführung seines Freundes spontan das Wort "Klugscheißer" ein; er sprach es jedoch nicht aus.

"Was meinst du damit, mit der Stufe meiner Entwicklung?", fragte er stattdessen, und er war sehr auf die Antwort seines neunmalklugen Freundes gespannt.

"Ich gehe einmal davon aus, dass du das Handbuch nicht gelesen hast. Oder irre ich mich da?"

"Welches Handbuch?" fragte Gemini2.

"Das <Handbuch für werdendes Leben> natürlich", antwortete Gemini1, *"was denn sonst?"*

Gemini2 umging die Antwort und fragte:

"Und da steht das drin? Ich meine das Zeug mit der Entwicklungsstufe und so."

"Ja, da steht das Zeug drin", antwortete Gemini1, und er musste wieder einmal daran denken, dass sein Freund nicht gerade von Geist durchdrungen war.

"Und was bedeutet dieses komische Ding bei mir, das da zwischen meinen Beinen herum baumelt?"

"Dass du ein Junge wirst, mein lieber Freund."

Gemini2 schwieg eine geraume Weile, bevor er die elementare Frage stellte:

"Und bleibt dieses Ding jetzt immer da hängen?"

"Ja", antwortete Gemini1, *"und du wirst sehen, du wirst es noch oft und gern gebrauchen."*

"Hast du das auch?"

"Nein", antwortete Gemini1, *"leider nicht. Da, wo man dir etwas angehängt hat, hat man mir etwas weggenommen."*

"Das ist aber gemein", drückte Gemini2 seine Empörung und sein Bedauern aus. *"Und was bedeutet das schlussendlich für dich?"*

"Dass ich leider nur ein Mädchen werde..."

****

Die nächsten drei Wochen verliefen relativ ereignislos. Gemeinsame Gespräche der Freunde, in deren Verlauf Gemini1 sein Wissen an einen dankbaren Gemini2 weitergab:

"Ich habe gestern meinen ersten Schuck vom <Liquor amnii> zu mir genommen; es hat scheußlich geschmeckt", sagte Gemini2, *"schmeckt es dir vielleicht?"*

"Nicht wirklich", antwortete Gemini1, *"aber laut Handbuch soll es sehr gesund und vitaminreich sein."*

"Und etwas Anderes gibt es nicht zu trinken?", fragte Gemini2 leicht angewidert.

"Jetzt nicht", antwortete Gemini1, *"aber in ein paar Monaten, da gibt es <Sucus album> frisch gezapft von <Mamma>."*

"Und das schmeckt besser?", fragte Gemini2.

"Viel besser", antwortete Gemini1, *"davon kann man gar nicht genug kriegen."*

"Bist du dir da auch sicher? Woher weißt du das alles?"

"Ist doch egal", antwortete Gemini1, *"alles schmeckt besser als dieses scheußliche Gesöff, das man uns jetzt vorsetzt. Oder bist du anderer Meinung?"*

18

"Nein, natürlich nicht", antwortete Gemini2 brav, um den Freund nicht zu verärgern.

"Na, also", brummte Gemini1 und ging von dannen.

****

"Ich habe gedacht, ich bräuchte eine Brille", sagte Gemini2, als er mit seinem Freund beim nachmittäglichen Kaffee beisammensaß. *"Aber seit gestern hat sich irgendetwas mit meinen Augen verändert."*

"Das stimmt", bestätigte Gemini1, *"man kann es ganz deutlich an deiner Iris erkennen"*.

"Ist dir eigentlich bewusst, dass wir schon fast ein halbes Jahr hier wohnen?"

"Tatsächlich?", antwortete Gemini2. *"Es ist ein Wahnsinn, wie schnell die Zeit vergeht."*

""Apropos", fuhr Gemini2 fort, *findest du es nicht auch ein wenig komisch, dass außer uns beiden niemand sonst hier wohnt?"*

"Ich weiß nicht so recht", antwortete Gemini1, *"vielleicht ist einfach nicht mehr Platz. Du musst zugeben, die Wohnungen sind schon sehr eng geschnit-*

ten. *Wir haben nur deshalb so viel Platz, weil wir schon ziemlich am Anfang unsere beiden Wohnungen zusammengelegt haben."*

"Das war eine gute Entscheidung", sagte Gemini2, *"oder hast du es je bereut?"*

"Nicht eine Sekunde, mein Lieber", antwortete Gemini1.

"Im Übrigen habe ich gelesen, dass in dem Wohnmodell, in welchem wir zusammenleben, sogar schon sechs Mieter untergebracht waren."

"Ist nicht wahr", sagte Gemini2, *"das kann ich mir überhaupt nicht vorstellen."*

"Wenn ich es dir doch sage", erwiderte Gemini1.

"Was ich dir noch sagen wollte", wechselte Gemini2 das Thema, *"deine Haare sind schon ganz schön lang; mir gefällt das sehr."*

"Wirklich? Ich weiß nicht so recht. Vielleicht sollte ich sie zu einem Zopf flechten, was meinst du?"

"Dazu sind sie noch etwas zu kurz", antwortete Gemini2, *"und vielleicht etwas zu wenig."*

Letzteres hatte er sehr leise gesagt. Er wollte den Freund nicht verärgern. Im Laufe der Zeit hatte er gelernt, dass Gemini1 sehr schnell die Fassung verlieren konnte, wenn er einmal anderer Meinung war und seine Ansicht nicht die erwünschte Resonanz finden wollte.

****

"Was ist los mit dir?", fragte Gemini1 den Freund, als sie ihre 6-monatige WG feierten.

Anstatt zu antworten, zuckte Gemini2 nur ganz leicht mit den Schultern.

"Ich sehe doch, dass dich etwas bedrückt", insistierte Gemini1 weiter, *"du kannst mir doch nichts vormachen."*

Als Gemini2 noch immer nicht mit der Sprache herausrücken wollte, fuhr der Freund ein stärkeres Geschütz auf.

"Wenn du nicht mit mir reden willst, dann kann ich mich auch zurückziehen und allein weiterfeiern."

"Bitte nicht", sagte Gemini2, *"ich rede ja schon."*

Gemini1 saß wie auf glühenden Kohlen in Erwartung des zu lüftenden Geheimnisses. Als dies endlich geschah, war es so leise, dass es Gemini1 nicht verstehen konnte.

"Ich verstehe kein Wort", sagte er voller Unge-
duld, *"sprich bitte lauter!"*

"Ich höre Stimmen."

"Was?"

"Ich höre Stimmen", wiederholte Gemini2, dieses Mal eine Spur lauter.

"Was heißt <du hörst Stimmen>", fragte Gemi-
ni1 nach. *"Das verstehe ich nicht."*

"Na, was ich gerade gesagt habe", entgegnete
Gemini2, und auch seine Stimme hatte an Lautstärke
leicht zugelegt.

Daraufhin folgte ein beiderseitiges Schweigen,
von welchem jeder der beiden Freunde hoffte, der
andere möchte es bald brechen.

Es war Gemini1, der das Schweigen endlich
brach.

*"Ich möchte dich bitten, dass du mir das mit
den Stimmen etwas näher erklärst, damit ich es dann
vielleicht verstehen kann."*

Gemini2 sah den Freund mit einem Blick an,
der von totaler Hilflosigkeit geprägt war. Irgendwann
begann er dann mit den Worten:

"Nun, ich will es versuchen."

Gemini1 nickte dem Freund aufmunternd zu und lauschte aufmerksam.

"Es ist nicht immer - das mit den Stimmen. Es passiert mir zu verschiedenen Zeiten. Manchmal ist es eine einzelne, ruhige und sanfte Stimme. Dann wieder mehrere Stimmen, und neulich war es richtig laut. Da hatte ich mächtig Angst."

Als Gemini2 fertig mit seinen Ausführungen war, ging plötzlich ein Leuchten über das Gesicht von Gemini1.

"Warte hier", rief er, *"und geh nicht weg; ich bin gleich wieder da."*

"Wo gehst du denn hin?", rief Gemini2 dem Freund nach; aber der hörte schon nicht mehr zu.

Nur wenige Augenblicke später war er wieder zurück. Er schwang das *<Handbuch für werdendes Leben>* über seinem Kopf wie eine Trophäe.

"Das werden wir gleich haben", triumphierte er und blätterte wie wild in seinem schlauen Buch herum.

"Da haben wir es schon", rief er begeistert, *"ich lese es dir vor."*

"Ja, bitte!" sagte Gemini2, der von der Euphorie des Freundes voll erfasst worden war.

*"Hier steht, dass unser Gehör nun voll ausge-
bildet ist. Wir können alles hören."*

"Was heißt <alles>?"

*"Nun, alles heißt: Wir hören die Geräusche, die
auch außerhalb unserer Wohnung stattfinden. Ist das
nicht toll?"*

"Ich weiß nicht", antwortete Gemini2, *"so wie
es vorher war, hat es mir besser gefallen. Es war viel
ruhiger, friedlicher. Findest du nicht auch?"*

"Nein, mein Lieber", antwortete Gemini1 sehr
zur Enttäuschung des Freundes, *"mir gefällt es recht
gut, so wie es ist."*

****

Es war genau 4 Wochen später, als Gemini1 mit
einer neuen Erkenntnis daherkam.

"Fällt dir an mir etwas auf?", fragte er süffisant
und wackelte dabei mit seinem Kopf hin und her.

"Was meinst du, sollte mir auffallen?", fragte
Gemini2.

"Du bist ein Quatschkopf", befand Gemini1 wenig charmant seinem Freund gegenüber.

Dann drehte er ihm den Rücken zu und ließ einen übel riechenden Darmwind entweichen.

"Riechst du etwas?", fragte er Gemini2 grinsend.

"Ich glaube, der Quatschkopf bist du", sagte Gemini2, *"du weißt doch wie ich, dass wir gar nichts riechen können."*

"Irrtum, mein Lieber", entgegnete Gemini1, *"ganz großer Irrtum!"*

Jetzt verstand Gemini2 überhaupt nichts mehr. Erst die komische Körperhaltung seines Freundes mit nach unten gebeugtem Oberkörper, und dann die dämliche Frage nach dem Riechen.

Gemini1, der in das Gesicht des verwirrten Freundes schaute, begann das Rätsel zu lösen.

"Jetzt schau dir doch einmal meine Nasenlöcher ganz genau an", forderte er Gemini2 auf. *"Fällt dir nichts auf?"*

Es dauerte noch eine kleine Weile, bevor sich Erleuchtung im Gesicht von Gemini2 zeigte.

"Ich hab `s", rief er, *"du hast keine Gewebepfropfen mehr in den Nasenlöchern."*

"Der Kandidat hat hundert Punkte", sagte Gemini1 scherzhaft und fuhr fort:

"Wenn du dir jetzt auch die Dinger aus der Nase ziehst, dann wirst du eine nie zuvor gekannte Erfahrung machen können."

Gemini2 tat, was ihm der Freund gesagt hatte. Und kaum, dass er dies getan hatte, wusste er auch sogleich, was Gemini1 gemeint hatte.

"Pfui Teufel", rief er voller Entsetzten, *"das stinkt ja fürchterlich. Was ist das?"*

"Das ist <Flatulenzia>", antwortete Mister Allwissend Gemini1 genussvoll.

"Ist das eine Krankheit?", fragte Gemini2 sorgenvoll.

"Nein, das ist eine überaus wichtige Tätigkeit eines deiner Organe, und es wird gerade dir noch sehr viel Freude bereiten."

"Obwohl es so bestialisch stinkt?"

"Ja, gerade deshalb", antwortete Gemini1.

"Warum hast du so betont, dass es gerade mir Freude bereiten wird? Gilt das nicht auch für dich?"

"Leider nein", antwortete Gemini1, und es klang beinahe ein wenig traurig. *"Mädchen tun so etwas nicht."*

Und obwohl Gemini2 mit dieser Antwort nichts anfangen konnte, und obwohl er es gern gewusst hätte, ließ er es dennoch dabei bewenden.

****

Als sich die beiden Freunde einen knappen Monat später am Pool trafen, war Gemini2 völlig von der Rolle.

"Wenn das so weitergeht", sagte er mit weinerlicher Stimme, *"verliere ich noch den Verstand."*

"Was ist denn los mit dir, mein Lieber?", fragte Gemini1 mit echter Besorgnis, denn so hatte er den Freund noch nie erlebt.

"Du bist ja völlig desperat", fügte er noch schnell hinzu.

"Ich weiß zwar nicht, was das bedeutet", antwortete Gemini2, *"aber du bringst es wieder einmal auf den Punkt."*

"Nun erzähl schon, was dich so bewegt", sagte Gemini1, *"wir finden sicher eine Lösung."*

"Dieses Ding zwischen den Beinen war schon genug Aufregung für mich; aber was da jetzt noch dazu gekommen ist, das schaffe ich nicht mehr."

"Was meinst du denn, mein Lieber?", fragte Gemini1 und legte die Stirn dabei in mehrere Falten.

"Na, das andere Ding", antwortete Gemini2 leise, so als ob irgendwer in der Nähe sein und zuhören könnte.

"Geht das auch etwas genauer?", fragte Gemini1.

"Na das da", stieß Gemini unmutig hervor, und dann zeigte er dem Freund ein kleines, prall gefülltes Beutelchen, hinter und unter dem bereits bekannten, anderen Ding.

"Ich weiß gar nicht, was du hast?", kam die enttäuschende Reaktion von Gemini1, *"das sieht doch recht nett aus."*

"Spinnst du?", kreischte Gemini2, *"du hast ja keine Ahnung."*

Und als Gemini1 nicht sofort darauf ansprang, fügte Gemini2 hinzu:

"Dieses Ding ist gefüllt."

Jetzt wurde Gemini1 neugierig.

"Gefüllt, sagst du? Ja, mit was denn?"

"Was weiß ich", kam die hilflose Antwort des Freundes, *"gefüllt eben."*

"Aber du musst doch fühlen können, was da drin ist", sagte Gemini1 und deutete auf das hübsche Beutelchen.

"Ich greif das nicht an", sagte Gemini2 und schüttelte zur Bekräftigung seinen Kopf.

"Soll ich einmal vielleicht...?"

"Von mir aus", kam die Antwort von Gemini2.

Gemini1 ergriff ganz vorsichtig das Beutelchen und tastete den Inhalt ab. Er fühlte zwei kleine Kügelchen und dann schob er sie langsam hin und her.

"Das sind zwei kleine Kügelchen", lautete seine Erkenntnis, *"und man kann sie hin und her schieben. Aber ihr Zweck erschließt sich mir augenblicklich nicht."*

"Aber mir, glaube ich", sagte Gemini2 und verdrehte seine Augen dabei.

"Ist dir nicht wohl?", fragte Gemini1 besorgt und unterbrach seine Untersuchung.

"Im Gegenteil", antwortete Gemini2, *"so wohl war mir schon lange nicht mehr. Bitte, hör nicht auf damit."*

"Du hast sie doch nicht mehr alle", sagte Gemini1, *"ich gehe jetzt noch eine Runde schwimmen."*

Mit diesen Worten wandte er sich von Gemini2 ab; denn was er da gerade erlebt hatte, war ihm nicht ganz geheuer.

Er nahm sich vor im Handbuch nachzusehen, ob über dieses ominöse Beutelchen nicht erhellende Informationen zu finden wären.

****

"Ich habe mich schlau gemacht."

Mit diesen Worten begrüßte Gemini1 seinen Freund, das <Handbuch für werdendes Leben> in den Händen haltend.

"Und, was hast du gefunden?" fragte Gemini2 neugierig.

"Also, was dein Beutelchen betrifft", begann er zu rezitieren, *"so geht das wohl in Ordnung. Genaueres wirst du in ferner Zukunft erfahren."*

"Wieso erst in ferner Zukunft?", fragte Gemini2 erstaunt.

"Ganz einfach. Weil du jetzt noch zu dumm dafür bist."

"Warum musst du immer so gemein sein?"

"Das hat mit Gemeinheit nichts zu tun", rechtfertigte sich Gemini1, *"das hängt damit zusammen, dass wir uns die Sache mit der Intelligenz erst antrainieren müssen."*

"Und wie soll das gehen?"

"Jetzt nerve mich nicht weiter; das wirst du zu gegebener Zeit schon noch erfahren. Ich kann dir auch nicht mehr sagen, als das, was in diesem Handbuch geschrieben steht."

Gemini2 sagte nichts darauf, er beließ es lediglich beim Schmollen.

"Aber etwas ganz Anderes", sagte Gemini1, *"das wird dich umhauen!"*

"Mich haut so schnell nichts mehr um", entgegnete Gemini2.

"Warte, bis ich es dir gesagt habe", kam die Antwort des Freundes, und sein Blick dabei verhieß nichts Gutes.

"Dann sag es schon", sagte Gemini2, *"und mach es nicht so spannend."*

Gemini1 nahm sich viel Zeit, bevor er antwortete. Er war sich sicher, dass die Bombe gewaltig sein würde, die er jetzt gleich zum Platzen bringen wollte.

"Weißt du, was es heute zu essen gibt?", fragte er mit bedeutungsvoller Stimme.

"Nein", antwortete Gemini2, *"aber ich bin sicher, dass du es mit gleich sagen wirst."*

"Auflauf!"

Gemini2 sah dem Freund lange ins Gesicht, bevor er sagte:

"Auflauf? Ja und?"

Gemini1 schüttelte den Kopf und fragte:

"Willst du denn gar nicht wissen, was für ein Auflauf?"

"Also gut", antwortete Gemini2, dem das Gehabe des Freundes schon langsam auf die Nerven ging, *"um was für einen Auflauf handelt es sich denn?"*

"Käse-Flaum-Auflauf", kam die lapidare Antwort von Gemini1.

"Ich verstehe nur <Bahnhof>", sagte Gemini2, *"könntest du bitte etwas deutlicher werden?"*

"Wie du möchtest; aber ich habe dich gewarnt."

Gemini2 wusste zwar gerade nicht, worin die Warnung bestehen sollte, sagte aber nichts.

"Dir ist doch - gerade so wie mir - vor einigen Wochen aufgefallen, dass wir unseren süßen Flaum, der unsere Stirn umkränzte, verloren haben."

"Natürlich", antwortete Gemini2, *"aber im Gegensatz zu dir, hat es mich nicht gestört."*

"Um das geht es hier jetzt nicht", antwortete Gemini1 leicht gekränkt.

"Ach du lieber Gott", sagte Gemini2 in mürrischem Ton, *"dann komm doch endlich auf den Punkt!"*

"Besagter Auflauf besteht aus diesem Flaum und der Käseschmiere, die man von unserer Haut gekratzt hat. Verrührt mit ein paar anderen Sekreten haben die in der Küche diesen Auflauf daraus gezaubert."

"Den können sie selber essen", sagte Gemini2 angewidert, *"ich esse ihn auf gar keinen Fall."*

"Das wirst du wohl", entgegnete der Freund.

"Und wenn nicht?", kam es provozierend von Gemini2.

"Dann werden wir in wenigen Wochen getrennte Wege gehen müssen."

"Was heißt das denn schon wieder?" fragte Gemini2.

"Ich werde zwar mit dir zusammen unsere schöne Wohnung verlassen; aber dann wird man uns trennen."

"Wieso das denn?", fragte Gemini2, und seine Stimme klang etwas sorgenvoll. Er konnte sich nicht vorstellen von seinem Freund getrennt zu werden.

Sie hatten zwar hie und da Meinungsverschiedenheiten, und es gab auch schon einmal kleinere Scharmützel; aber am Ende hatten sie sich immer wieder vertragen.

"Weil du massive Darmprobleme haben wirst, die man - wenn überhaupt - nur in einem Krankenhaus lösen können wird. Aber vielleicht stirbst du ja auch; man kann ja nie wissen."

Das saß. Und zwar ordentlich. Gemini2 sank in sich zusammen. Mit leiser Stimme fragte er:

"Und wieso - in drei Teufels Namen - weißt du das schon wieder?"

"Aus unserem Handbuch, mein Freund", antwortete Gemini1 und setzte nach:

"Lesen bildet!"

****

Fünf Wochen nach dieser Unterhaltung kamen die Zwillinge auf die Welt. Zuerst Gemini1 und dann Gemini2.

Beide waren gesund und munter. Das lag nicht zuletzt daran, dass sie beide diesen scheußlichen Auflauf gegessen hatten.

Gemini1 war bei der Geburt 47 Zentimeter groß und wog 2900 Gramm.

Gemini2 war 51 Zentimeter groß und brachte 3200 Gramm auf die Waage.

Ihre Eltern ließen sie auf die Namen Marlene und Viktor taufen.

An die Erlebnisse in ihrer engen Wohnung und die Gespräche am Pool konnten sich beide später nicht mehr erinnern.

Marlene studierte Lehramt und unterrichtete Deutsch und Geschichte am Gymnasium.

Und Viktor brachte es immerhin zum Amtsrat beim städtischen Finanzamt.

Obwohl es beide in verschiedene Städte verschlug, brach der Kontakt nie ab. Ihre Verbundenheit begleitete sie ihr ganzes Leben lang.

Und so endet die Geschichte von Gemini1 und Gemini2, die als Embryo begonnen hatten und über das Stadium Fötus allmählich zum Kind wurden.

Aber ganz egal, wie man es auch dreht und wendet, schlussendlich war der, die, das zu jeder Zeit ein Mensch, etwas Wunderbares und Einzigartiges.

****

3. Woche - Das Herz beginnt zu schlagen.

5. - 8. Woche - Die Organe bilden sich aus.

18. Woche - Der Fötus schluckt Fruchtwasser. Das Verdauungssystem arbeitet.

20. Woche - Der Haarwuchs setzt ein.

21. Woche - Die Iris entwickelt sich im Auge.

24. - 26. Woche - Innen- und Mittelohr sind ausgebildet. Sprache der Mutter, ihr Herzschlag, Atmung und Außengeräusche werden wahrgenommen.

28. Woche - Der Gewebepfropf der Nase löst sich, der Fötus kann riechen.

30. - 34. Woche - Der Hoden steigt in den Hodensack ab.

32. Woche - Der Fötus schluckt den Haarflaum, die Schmiere und weitere Sekrete hinunter. Sie lagern im Darm und dienen später der Darmentleerung.